《百家字谜》编辑委员会

主　编：苏剑

编　委：武骝、蔡芳、黄全来、熊辉、苏颖、顾斌、王刚

● 学生灯谜读物 ●
百家字谜·第一辑

柯国臻
字谜300

叶春荣/编

中州古籍出版社
· 郑州 ·

图书在版编目（CIP）数据

柯国臻字谜 300 / 叶春荣编 . —郑州：中州古籍出版社，2021.3

（百家字谜 . 第一辑）

ISBN 978-7-5348-9549-4

Ⅰ.①柯⋯ Ⅱ.①叶⋯ Ⅲ.①谜语－汇编－中国 Ⅳ.① I277.8

中国版本图书馆 CIP 数据核字 (2021) 第 015702 号

出 版 社：中州古籍出版社
     （地址：河南省郑州市郑东新区祥盛街 27 号 6 层
     邮政编码：450016）
发行单位：新华书店
承印单位：陕西隆昌印刷有限公司
开　　本：889mm×1194mm　　1/48
总 印 张：28
总 字 数：600 千字
版　　次：2021 年 3 月第 1 版
印　　次：2021 年 3 月第 1 次印刷

总定价：120.00 元（全套 10 册）
本书如有印装质量问题，由承印厂负责调换

作者简介

柯国臻（1931.3 — 2003.11），笔名微山，祖籍温州永嘉，当代灯谜艺术大师。

柯氏出身贫苦，16岁时，因家境拮据而辍学，在码头做搬运工人。20世纪50年代初，入温州市工人文化宫工作，1956年擢为该宫主任，1978年调任温州市图书馆馆长。1991年退休后，忽患中风失语，偏瘫卧床十二载，于2003年11月3日辞世。

柯氏与谜结缘，可追溯至他年少时对温州民俗的挚爱。据他本人回忆，旧时温州（永嘉县）每年二月起，都举行"拦街福"，扎彩楼、舞龙狮、踩高跷、放焰火，且必悬灯猜谜，以助欢乐。未及弱冠的他，竟深深为此倾倒。年龄渐长，他拜师学谜，1957年已能制谜；后又得名师曾子辉先生指点，并外出访问各地谜家，由此谜艺大进。1958年春，他在文化宫组织灯谜兴趣小组。1978年起，他又创编了《鹿城谜苑》及《微山谜话》，大量妙趣横生的灯谜佳作与充满独特见解的谜学探讨文章从此源源不断走出温州，飞往全国，迅即震撼了整个谜坛，影响了当代灯谜创作长达二十年的时间。

柯国臻的灯谜理论既从微观着眼，也从宏观把握，闪耀着智慧。他通过对作品的擘肌分理，归纳提炼出灯谜的定义、作用、词类、结体、形式、规律等基本理论。他的《灯下偶拾》，三言两语、短小精悍,精微地发抒了一系列灯谜创作审美观点,犹如串串珠玑,灵光四射。

柯国臻一生制谜近万,大多脍炙人口、可堪传世,其质量和水平百年谜坛罕有其匹。他思维敏捷而才气纵横,性情旷放且谈吐诙谐,加之自学有素、功底深厚,又能克绍先进、博采众长,故于谜之各体各法烂熟于胸,百炼钢化为绕指柔,生新不已,极尽其妙。

百年虎坛,留下了柯国臻深深的足迹。他的谜学造诣与贡献,正应了他额头上的数道纵横纹理:其状甚似虎,其人乃"虎王"。

序 言

苏 剑

汉字是中国文化标志性的符号,是记录汉语语言的文字,距今已有六千年左右的历史。汉字集音、形、义于一体,以其独特的美感和魅力卓立于世界各民族文字之林。古往今来,人们融合运用汉字音、形、义的灵性和特质,以特殊的思维方式诠释汉字、演绎汉字,创造出灯谜这种独特的中华民族传统文化形式。

灯谜题材包罗万象,无所不及,而所有灯谜都含有字谜的元素,可以说都是构建在字谜基础之上的。字谜在灯谜的"大家族"中虽形微体小,却是人们公认的"万谜之源"。字谜是最简易的灯谜,也是最灵活的灯谜要素,是学习猜制灯谜的基础。兹长安文虎社编纂出版《百家字谜》丛书,也是为发扬传承中华传统优秀文化而做的一件大有裨益的普及性事情。

20世纪80年代以来,是灯谜创作最为

活跃的时期，字谜创作也空前繁荣，尤其是字谜创作的手法有了开拓性的发展，表现形式更加多姿多彩，字谜作品数量亦蔚为大观。《百家字谜》丛书第一辑就是这个时期字谜艺术的结晶，是世纪之交海内外字谜创作的缩影，基本上代表了当代字谜创作的领先水平，反映出当代字谜创作的整体概貌。

《百家字谜》丛书是系统介绍当代灯谜名家字谜精品的系列丛书，"百家"入选者均为当代在字谜创作方面有突出成就或字谜艺术精湛的谜家。《百家字谜》丛书第一辑，共选编了10位谜家的字谜作品，可谓"臻臻至至，洋洋洒洒"。首批入选的10位谜家中，有已故灯谜泰斗柯国臻、字谜专家黄穆灿、台湾名宿吴学平，有德艺双馨的老一辈著名谜家郑百川、汪寿林，有承前启后的灯谜名家武骝、蔡芳等，也有近几年在字谜创作方面成绩显著的苏剑、章镳、熊辉等人。他们的字谜作品自成风格，各具特色，或古朴典雅，或清新自然，或白描写意，或灵巧奇趣，呈现出"百花齐放"的字谜艺术图景。

翻开《百家字谜》丛书，弘扬主旋律、突出正能量的灯谜作品俯拾皆是。例如："织杼半融读书声（字）纾""教育后辈当尽孝（字）辙""寸土不丢保村庄（字）床""异地犹存故国心（字）域"以及"点滴改革见成果（字）单""和田名品，中国声誉（字）玉"，还有"四风之中奢为先（字）爽""为政不为民，民弃速罢之（字）整""奉献点点滴滴，赢得无上荣光（字）桃"等；再如："半掩浣花子美居（字）蒲""阳春晚景四方同，泊堤鹊影处处见（字）日"，等等。这些大手笔表现出了多样化的字谜之美。这些汉字和字谜的完美结合，让人感受到其无穷的艺术魅力。细细品读，在字形上能引起人们美妙而大胆的联想；在字音上能激发人们的兴趣，引起人们的共鸣；在字义上能增强或激发人们热爱中华民族文化的情感。汉字是字谜之源，字谜为汉字平添了新的文化内涵，丰富了汉字的艺术空间。

《百家字谜》丛书定位为普及型读物，可作为开展校园灯谜活动的读本，供中小学生和青少年爱好者学习猜制字谜借鉴之用。这套丛书，每个单行本由"作品精选"与"作品赏析"两部分组成。"作品精选"部分，选谜难易兼顾，雅俗共赏，每条谜都作了简注、解析，适合中小学生无障碍阅读。"作品赏析"部分，选取20—30条字谜代表作，邀请名家撰写评析短文，解读精华，激活亮点，启迪创作思路，有助于字谜猜制的普及和提高。

吾爱谜数年，又喜字谜创作，此次跻身其中，汗颜不已，自当是近距离学习前辈灯谜艺术造诣的绝佳良机，不敢懈怠。惟愿方家和读者打开《百家字谜》丛书这一扇览胜的窗口，尽情欣赏一窗美景、四面青山。纷呈的字谜精品，炼意传神，曲尽其妙，让你应接不暇；精妙的字谜赏析，酣畅淋漓，旨趣所归，让你品味称奇。步入这方园地，受各种典型谜法的浸濡熏陶，会让你起点更高、起步更实、起飞更快。《百家字谜》，带你跨进奇异的灯谜世界。

是为序。

2019年5月于西安白桦林居

目　录

作品精选

少笔画字 …………………………………… 003
5画字 ……………………………………… 006
6画字 ……………………………………… 009
7画字 ……………………………………… 015
8画字 ……………………………………… 021
9画字 ……………………………………… 027
10画字 ……………………………………… 037
11画字 ……………………………………… 046
12画字 ……………………………………… 054
13画字 ……………………………………… 061
14画字 ……………………………………… 066
15画字 ……………………………………… 068
多笔画字 …………………………………… 072

作品赏析

水没尾生犹抱柱（5画字）汁 …… 林人骅/评析 083

织杼半融读书声（7画字）纾 …… 赵首成/评析 084

宋江屏盖夺水泊（7画字）杠 …… 章健儿/评析 085

勿向铜钱眼里钻（7画字）囫 …… 刘　旭/评析 086

银汉双星，一隐一现（7画字）妞

………………………………… 蔡经湘/评析 087

山径一弯带雨痕（8画字）函 …… 吴融杭/评析 089

度此春秋可避秦（8画字）炅 …… 汪德亨/评析 090

二帝蒙尘（9画字）珏 ……… 吴仁泰/评析 091

恍见于吉之形散而复聚（9画字）珂

………………………………… 蔡　芳/评析 092

片月孤舟一叶横（9画字）适 …… 汪德亨/评析 094

羊左相交共一心（9画字）差 …… 吴仁泰/评析 095

海棠开后落残梅（11画字）淌 …… 赵首成/评析 096

半拂村桥半拂溪（11画字）淋 …… 吴融杭/评析 097

异地犹存故国心（11画字）域 …… 叶国泉/评析 098

杜鹃叫落西楼月（12画字）棚 …… 吴旭初/评析 099

关河不可共相叙，分定三秦入汉中（12画字）潵

………………………………… 蔡大金/评析 100

回廊挑一角，倒影入湖中（13画字）鄙

………………………………… 张志有/评析 102

半掩浣花子美居（13画字）蒲 …… 蔡　芳/评析　104

六桥衔日映西湖（13画字）溟 …… 王幼堂/评析　105

但闻左右尽歌声（14画字）戬 …… 蔡　芳/评析　106

叉手旋成五首绝（多笔画字）擎 … 赵首成/评析　107

狼羊毫笔（多笔画字）獬 ………… 章健儿/评析　109

广寒宫里妄思凡（多笔画字）嬴 … 叶国泉/评析　110

后　记 ……………………………………………… 113

作品精选

少笔画字

一到两点便起飞（少笔画字）　　　　　乙
注：谜底"乙"字，"一到两点"（即加上两
　　点"〉"），便成了"飞"字。

一生大自在（少笔画字）　　　　　　　人
注：面为启功先生所写的联句"一生大自
　　在，万事将无同"之上联。底字"人"，
　　生出个"一"，"大"自然会"在"。

妊娠怀一子（少笔画字）　　　　　　　乃
注：底"乃"字，"怀一子"后，得"孕"字，
　　其意即为"妊娠"。"妊娠"二字提义。

飞水潭边落夕阳（少笔画字）　　　　　十
注：以"潭"字为中心，"飞水潭边"即去
　　掉"潭"边之"水"（氵）；"落夕阳"
　　即落下"西边的太阳"（西、日），通过
　　二次减法得底字"十"。

蛇口开放（少笔画字）　　　　　　　　己
注：十二生肖中的"蛇"与十二地支中的
　　"巳"相匹配。以"蛇"借代"巳"。
　　"巳"字其上口开放得底字"己"。

中外同度劳动节（少笔画字）　　　　与
注：劳动节为公历5月1日，谜底"与"
　　字由两部分组成，上面像阿拉伯数字
　　"5"，下面为中文"一"，故有"中外
　　同度"之提示。

自始至终贯穿一条线（少笔画字）　　千
注："自"字的始笔为"丿"，"至"字的终
　　笔为"一"，"贯穿一条线"象形为"丨"
　　贯其中，三部合为底字"千"。

夤夜梦多个个同（少笔画字）　　　　夕
注："夤夜梦多"四个字都含有谜底"夕"
　　字。此谜用了包含法，故用"个个同"
　　来提示。

文质不一（少笔画字）　　　　　　　　　　义

注：面可以别解为："文"根本（质）没有
　　（不）"一"字，得底字"义"。

愁绪无端在心头（少笔画字）　　　　　　午

注："愁"的首笔（"绪"为事物开始）为
　　"丿"，"无"的端为"一"，"在"的"心
　　头"得"十"，三字素合为底字"午"。

画桥南头采石矶（少笔画字）　　　　　　冗

注："画桥"象形"冖"，"采石矶"扣"几"，
　　"南头"指把"几"放在"冖"的下面，
　　合为底字"冗"。

级级阶梯直顶点，此间知识待人开（少
笔画字）　　　　　　　　　　　　　　书

注：上句"级级阶梯直顶点"象形底字"书"
　　是由阶梯状加上"直（丨）、顶点（丶）"
　　组成。下句则为提义"知识来自书
　　中""书籍是人类进步的阶梯"。

反复看似牛眠地（少笔画字）　　　　　　　升

注：牛眠地，陶侃遭父母之丧，家中老牛出走卧山冈之上，指示其埋葬之地，后遂用"牛眠地"指风水好的坟地。"反复看"指将底字"升"反过来卧着看，好似"牛"字躺在地上。

一炷烟销干净土，风心了却性尤高（少笔画字）　　　　　　　　　　　　　　　　兀

注：将"炷"字的"烟（火）、土"销干净，得"丶"；将"风"字的心"了却"，得"几"；二字素合为底字"兀"。"性尤高"提义。

5画字

令下如山倒（5画字）　　　　　　　　　印

注："令"字旧时写法为"令"，故"令下"得"卩"；"如山倒"是说底字"印"的前部如倒过来的"山"字。

明人李开先(5画字) 仔

注:李开先,明代文学家、戏曲家、谜家,辑有谜著《诗禅》。入谜"李开先"得"子","子"与明的"人"(亻)合作底字"仔"。

刀口锋芒收不露(5画字) 叼

注:将"刀口"二字中的"锋芒"(丿)往回收,不使其露出来,变换字形,就成了底字"叼"。

水没尾生犹抱柱(5画字) 汁

注:面借"尾生抱柱"典故。典出《庄子·盗跖》。取"水"为"氵","生"尾部为"一","柱"象形为"丨"。三字素合成底字"汁"。

杨柳楼前人杳然(5画字) 卉

注:"杨柳楼前"得三个"木","人杳然",即再去掉"人"字,得底字"卉"。

凭君一语解纷争（5画字）　　　　　　　　让
注："凭君"，将君王尊称为"上"，"一语"
　　得"讠"，二字素组合得底字"让"；"解
　　纷争"提义。

新燕频来借一橼（5画字）　　　　　　　　丛
注："新燕"象形"人"，"频来"得"从"；
　　借来"一橼"，象形为"一"。组合后
　　底即明了，为"丛"字。

休把旁人抬太高（5画字）　　　　　　　　乐
注：斯谜形象生趣。把"休"字的偏旁"亻"
　　抬高，得底字"乐"。

横竿垂钓小方塘（5画字）　　　　　　　　电
注：典型的象形谜。"横竿"象形"一"，"垂
　　钓"象形"乚"，"小方塘"象形"口"，
　　三者合为底字"电"。

结尾删后，收入前段（5画字）　　　　　　纠
注："结"的"尾"（后面）删掉后得"纟"，

再入"收"的前段"丩",得底字"纠"。

千载之下,犹可相见其人(5画字)　　　禾
注:成谜简单明了。"千载之下",指将
　　"人"字由"千"的下面载之;"犹可
　　相见",说明"其人"非"人"。

叠叠山,曲曲弯,山弯下面一条滩(5
画字)　　　　　　　　　　　　　丝
注:"叠叠山"象形"幺","曲曲弯"也象
　　形"幺";"一条滩"象形"一",放在
　　"山弯"下面,即是底字"丝"。

6画字

行舟一千里(6画字)　　　　　　　廷
注:"行舟"象形为"廴";"一千"合为"壬",
　　将它放在"廴"里,得底字"廷"。

云随雁字长(6画字)　　　　　　　会
注:面为宋·晏几道《阮郎归》词句。"云"

明取,"雁字"象形为"人",合之为底字"会"。

白首一先生（6画字） 百

注:面为唐·刘长卿《过前安宜张明府郊居》诗句。面别解为"白"的首部（上面）让"一"先生出来,即得底字"百"。

三顾频烦天下计（6画字） 众

注:面为唐·杜甫《蜀相》诗句。"天下"扣"人","三顾频烦"即有三次相顾;"计",当合计为底字"众"。

开战之后后方乱（6画字） 乩

注:"开战之后"得"占","后方乱"即把"乱"后面的"乚"拿来,得底字"乩"。

别一个怎退干戈（6画字） 戎

注:面为元·王实甫《西厢记》句。将"干戈"中的"一"别去,即得底字"戎"。

分半纺丝分半读（6画字） 访

注：面为清·洪亮吉《南楼忆旧诗四十首》
（其八）诗句。"分半纺丝"得"方"，
"分半读"得"讠"，合之为底字"访"。

好山好水看不足（6画字） 凼

注：面为宋·岳飞《池州翠微亭》诗句。底
字"凼"，合起来看"山也是好的，水
也是好的"；如分开看取"山"字，那
"水"就不足了，如分开看取"水"字，
那"山"就不足了。

似见七星天际横（6画字） 式

注：好个"似见"，"七星"（弋）在"天际"
（工）横陈而列。

君入罗网安可脱（6画字） 再

注："君"者"王"也，"入罗网（冂）"中，
得底"再"字。"安可脱"表示"王、冂"
的紧密结合。

个中三昧（6画字）　　　　　　　　　　　全
注："昧"为隐藏义。将底字"全"中的"三"
　　昧去，得"个"字。

鸦背残阳（6画字）　　　　　　　　　　　邬
注："鸦"扣"鸟"为同义置换，"残阳"得
　　"阝"，合之为"邬"。

得天下则附之（6画字）　　　　　　　　　达
注：得"天下"为"大"，则附"之（辶）"，
　　得底字"达"。

齿底一言使人惊（6画字）　　　　　　　　讶
注："齿"扣"牙"为同义相扣，加上"言
　　（讠）"得底字"讶"。"使人惊"提义。

唯见阶前碎月明（6画字）　　　　　　　　阳
注：面为唐·王建《唐昌观玉蕊花》诗句。
　　"唯见阶前"得"阝"，"碎月明"余
　　"日"，故得底字"阳"。

莫作讽讥休贬人(6画字) 杀

注:"莫作讽讥",将"讽、讥"相互抵消得"乂";"休贬人",将"休"中之"人"(亻)贬去,得"木"。二字素合之为底字"杀"。

此是弹丸之地(6画字) 尘

注:以会意成谜。底字"尘"拆开后为"小土",当然是"弹丸之地"。

四方环镇嵩当中(6画字) 回

注:"四方环镇"为"口","嵩当中"得"口",合之为底字"回"。

破帽遮颜过闹市(6画字) 买

注:面为鲁迅先生《自嘲》诗句。"破帽"象形为"买"字上面的"乛";"遮颜"就是遮在"头"的上面。"过闹市"提义,《说文》:"买,市也。"市者,买物之所。

斜月二分还旧川(6画字)　　　　　　　色
注:"斜月二分"即把"月"之"二"分出,再
　　"斜"过来得"ㄅ";"还旧川",四川简
　　称"川",旧称巴蜀,简称"巴"或"蜀",
　　故以"旧川"扣"巴"。

公文包不装半个私字(6画字)　　　　　交
注:"半个私字"为"厶",把"公文"两
　　字"包"在一起,再"不装半个私字
　　(厶)",得底字"交"。

先生原为伍,一出掌兵权(6画字)　　师
注:"师"字有多义:一可为老师(先生),
　　二可为部队(伍);"师"字的"一"
　　出掉后,得"帅"字,当然可"掌
　　兵权"。

堂先登之,室后入之(6画字)　　　　　尘
注:"堂先"为"小","室后"为"土",
　　两者合之为底字"尘"。

风展旗如画,春光在前头(6画字)　　阳
注:象形与拆字相结合。"风展旗如画"象
　　形"阝";"春光在前头",把"春"字
　　的头"夫"光了,余下"日"。二字素
　　合之为"阳"字。

虚空斜月影,万里一钩悬(6画字)　　厄
注:前句将"月"斜放后,"虚空"其中,
　　得"夕";后句将"万"改造成"厂、丁"
　　后放进一"钩悬"(乚)得"厄"。

7画字

马虎塞责(7画字)　　　　　　　　苏
注:典型的会意谜。将底字"苏"拆开意为
　　"草草(艹)办事",以合面"马虎塞
　　责"之意。

张清张青(7画字)　　　　　　　　沙
注:面为《水浒传》中的两个人名:一个"没
　　羽箭"张清,一个"菜园子"张青。把

"张清、张青"放在一起比较,自然是"少"了"氵",故以"沙"字扣之。

纵横说古今(7画字) 吟

注:将底字"吟"加上"纵横"(十),重新组合后就成了"古今"二字。

一会此人已十载(7画字) 佚

注:"佚"加"一""人"成"秩"。一秩,十年也。

山区变样已翻身(7画字) 岗

注:"山"直接取用,将"区"变样翻身成"冈",底字"岗"就出来了。

白云流水自西东(7画字) 汩

注:在古汉语中"白、云、曰"三者皆有"说话"之义,故将"白云"置换成"曰"顺理成章;"流水"自扣"氵";"自西东"指排列位置。

勿向铜钱眼里钻（7画字）　　　　　　囫

注："口"象形为"铜钱眼"，让"勿"钻进
　　去，就成了底字"囫"。

山北山南一片云（7画字）　　　　　　诎

注：面为唐•杜牧《破镜》诗句。"出"字
　　的北面南面皆为"山"字；"一片云"
　　之"云"入谜非天上之云，而别解为
　　"说"，以扣"讠"。二字素合之为底
　　字"诎"。

洞房记得初相遇（7画字）　　　　　　沪

注：面为宋•柳永《昼夜乐》词句。把"洞
　　房"两字的初始部分"氵、户"拿来，
　　让它们相遇，即得底字"沪"。

宋江屏盖夺水泊（7画字）　　　　　　杠

注：面如在讲述水浒故事。"宋"字"屏盖"
　　即去了"宀"余"木"，"江"字"夺水
　　泊"得"工"，两者合之为底字"杠"。

我头可断身可裂（7画字）　　　　　　找

注：把"我"字的头"丿"断开，"身裂开"
　　后，即得底字"找"。

明月当空恰十分（7画字）　　　　　　时

注："明月当空"后得"日"；"寸"恰好换
　　算为长度"十分"。

织杼半融读书声（7画字）　　　　　　纾

注："织杼半融"即将"织、杼"二字拆开，
　　各融一半可得一"枳"字、一"纾"字。
　　因"纾""书"同音，"读书声"确定了
　　谜底为"纾"。

待人十分称老师（7画字）　　　　　　甫

注：以底字"甫"为基础，"待人"即加个
　　"亻"，"十分"换算为"寸"，三者合
　　之为"傅"，即可"称老师"。傅者，
　　老师也。

举头雁字排云端（7画字）　　　　　佥
注：底字"佥"由三部分组成："举头"即
　　"举"的上部，"雁字"象形"人"，"云
　　端"得"一"。

老而无后继螟蛉（7画字）　　　　　孝
注："螟蛉"即为"义子"，"义子"也是
　　"子"，以扣底字"孝"之下部；"老而
　　无后"得"孝"之上部"耂"。

隐退之心反复思（7画字）　　　　　邹
注："隐退之心"得"阝、刍"，"反复思"
　　其实是提供了猜射的方法，把两字素反
　　过来看，即可得底字"邹"。

露珠沾润残花重（7画字）　　　　　沘
注："残花"为"匕"，"残花重"自然是
　　"比"；让"露珠（氵）沾润"后，得
　　底字"沘"。

一方损失，四方支援（7画字）　　　呕

注：底字"呕"中的"区"，原指一定的区域，故扣"一方"，将其"损失"，余下"口"（四方）来"支援"了。

银汉双星，一隐一现（7画字）　　　妞

注："银汉双星"指牛郎与织女，俗称"牛女"。底字"妞"中，"女"部明用为"一现"，"牛"则由"丑"字借代，为"一隐"。

窃得半边字，来充汉武名（7画字）　彻

注："窃得"半边为"切、彳"。汉武帝，名"彻"。

一截遗欧，一截赠美，一截还东国（7画字）　　　　　　　　　　　　岔

注：面为毛泽东《念奴娇·昆仑》词句。意为昆仑山分为三截。底字"岔"，正是由"分、山"两字组成。

8画字

千骑北上（8画字）　　　　　　　　　乖
注：把"千"字骑在"北"的上面，即得底
　　字"乖"。

还我河山（8画字）　　　　　　　　　诗
注：面为岳飞名句。"还我"会意"讨"，
　　"河山"为国土，扣"土"，合之为底
　　字"诗"。

花看开半时（8画字）　　　　　　　　苜
注："花看"两字"开半时"（开掉一半时），
　　得底字"苜"。

推倒三座山（8画字）　　　　　　　　帚
注：底字"帚"由三个不正（或倒置）的"山"
　　组成。

刘备双股剑（8画字）　　　　　　　　剂
注："刘备"由人名转义为备个"刘"字；"双

股剑"象形"齐"字的后部"刂"。合之成底字"剂"。

上一环扣下一环（8画字） 坏
注：将"环"字最上的一笔"一"，扣到最下面，即得底字"坏"。

山田重叠接云端（8画字） 画
注："山田重叠"为底字"画"的下部，接上"云端"（一），即可成底。

度此春秋可避秦（8画字） 旲
注：将"春秋"二字中的"夫、禾"（即"秦"）度去，避之，可得底字"旲"。

闭口不谈之者也（8画字） 呼
注："之乎者也"为汉语成语，讽刺人说话喜欢咬文嚼字。"之""乎""者""也"都是常用文言虚词。"闭口不谈之者也"可理解为"口只称乎"，得底字"呼"。

风雨空中雁阵斜（8画字）　　　　　　佩

注："风"字、"雨"字空去其中间笔画，得"几、冂"；雁阵本作"人"字，倾斜之当为"亻"。合三字素得底字"佩"。

半亩方塘容小住（8画字）　　　　　　京

注："半亩"得"亠"；"方塘"象形为"口"；"容小住"，即把"小"字住进去，三字素合之为"京"字。

山径一弯带雨痕（8画字）　　　　　　函

注："山"字中的"丨"象形路径，"一弯"则如"了"；"雨"中四点即为"雨之残痕"，将之带往"径"弯之后的"山"字里，乃成谜底"函"。

直上重霄揽月归（8画字）　　　　　　肤

注："重霄"为"天"，"直上"就是让"天"出头，得"夫"字；"揽月归"后，即得底字"肤"。

空山栖止独斯人（8画字） 齿
注："空山"为"凵"，"栖止"得"止"，
　　"独斯人"即"人"，三字素合之为底
　　字"齿"。

推命测字有相似（8画字） 邰
注："命"同底字"邰"有相似之处，只是
　　"卩、阝"略有不同，故用"有相似"
　　来调整。

高山自在风化中（8画字） 凯
注："高山"仅指"山"在底字的高处，以
　　"自"扣"己"，"风化中"得"几"，
　　三字素合之为底字"凯"。

得意忘形逢西伯（8画字） 玫
注："西伯"指周文王。底字"玫"拆开后得
　　"攵、王"，但此为"攵"彼为"文"，
　　故让"得意忘形"来调整，指出"攵"
　　字只取其意，忘掉其形。

除十回方被除尽（8画字） 固
注：谜面故布疑阵。"十回"即可得底"固"字。"除""方被除尽"相互抵消。

恻隐之心人有之（8画字） 侧
注："恻隐之心（忄）"得"则"，"人（亻）有之"，合得底字"侧"。

未见其人，已识其诈（8画字） 佯
注："未"由地支借代为十二生肖中的"羊"；"见其人（亻）"，即得底字"佯"。"已识其诈"示"佯"的字义。

号呼而转徙，饥渴而顿踣（8画字） 氓
注：面为唐•柳宗元《捕蛇者说》句。"亡"有"逃、失去"之义，底字拆开后为"亡民"，以应面意。

向前一直去，见左边狭路是去路（8画字） 狗
注："向前一直去"得"句"，"见左边狭"

为"犭","路是去路"相互抵消。两部合为底字"狗"。

牵牛织女遥相望，尔独何辜限河梁（8画字）　　　　　　　　　　　　姓

注：题面出自魏文帝曹丕《燕歌行》结尾两句。今将底字拆开为"女、牛、一"三部。"牵牛织女"别义作：牵来"牛"，交织"女"。"河梁"指"桥梁"，当以物摹形为"一"。"尔"代指"姓"字中的"牛"与"女"限于"一"之隔阻，只落得"遥相望"。

田间阡陌通南北，旁有疏杨任展舒（8画字）　　　　　　　　　　　　畅

注：题面上句意为将"田间阡陌"向"南北伸延"得"申"；下句中"旁有疏杨"得"杨"字的后半部"昜"，"任展舒"提"畅"义。

9画字

更加便利（9画字） 俐
注：底字"俐"，把"更"加进去，得"便利"
　　二字。

诗仙绝代（9画字） 柏
注："诗仙绝代"意即"李白无子"，得"木、
　　白"，合之为底字"柏"。

二帝蒙尘（9画字） 珏
注："二帝蒙尘"原指北宋靖康之耻。"二帝"
　　别解为两个"王"字，"蒙尘"象形蒙上
　　"尘"（、），合之得底字"珏"。

一计定干戈（9画字） 诫
注：底字"诫"分拆后可得"计、十、戈"，
　　但"十"与"干"相比缺"一"，故面
　　用"一"补之。

人在幽篁曲径中（9画字）筱

建业定王都（9画字） 垩
注：孙权在建业定都。都，都会，别解为
　　聚集，起到抱合作用。"建业"明取
　　"业"。"王"中藏有"业"，得底字
　　"垩"。

人在幽篁曲径中（9画字） 笈
注："幽篁"为竹子的别称，扣"竹"；"人"
　　直接取用，而要放在象形的"曲径"中
　　得"及"。两者合为底字"笈"。

千里归人一日还（9画字） 香
注："千里归人"得"禾"，"一日还"即归
　　还"日"，合之得底字"香"。

一堵疏篱影倒出（9画字） 带
注："一堵疏篱"象形为"卅"；"带"字的
　　下部象形为"影倒出"，即倒过来的
　　"出"。

连山倒影横川中(9画字)　　　　　　带
注:"连山"得"出",让它"倒影"成了谜
　　底"带"字的中下部;"横(一)川中"
　　得谜底"带"字的上部"卅"。

山门中坐观自在(9画字)　　　　　　阎
注:底字"阎"中"山"在"门"之中;以
　　"自"扣"己"为同义置换。

巢底无完卵(9画字)　　　　　　　　柳
注:"巢底"得"木","无完卵"扣"卯",
　　合之为底字"柳"。

简直不像样(9画字)　　　　　　　　栏
注:此谜反扣。将底字"栏"放上"直
　　(丨)",就像"样"字了。

一同携手好朝山(9画字)　　　　　　拜
注:"同携手"为两"手",加"一"得底字
　　"拜"。"好朝山"释义。

一一求贷总无人（9画字）　　　　　　　　贰
注："一一"为"二"，"贷"字无"人"
　　（亻）得"弋、贝"，三字素合之得底
　　字"贰"。

天上清光同此夕（9画字）　　　　　　　　夅
注："天上清光"得"大"，"同此夕"指有
　　两个"夕"，合之为底字"夅"。

云横尘断隔重重（9画字）　　　　　　　　祛
注：以"云"和"尘"为中心词，拆开相隔
　　重新排列成"祛"。

皇上让位（9画字）　　　　　　　　　　　珀
注：将"皇"上的"白"字"让位"一下，
　　即得底字"珀"。

片月孤舟一叶横（9画字）　　　　　　　　适
注："片月"象形"丿"，"孤舟"象形"辶"，
　　"一叶横"得"古"，合之为底字"适"。

节约一点过日子（9画字） 绚

注："节约一点"得"纟、勹"，"过日子"明取"日"，三者合为底字"绚"。

声声鼓乐起西东（9画字） 胡

注：纯系提声谐音谜。"鼓""古"同声，"乐""月"同声；将"古、月"安放在"西东"的位置，即得底字"胡"。

老子自称天下一（9画字） 耷

注："老子"者李耳也，故以"耳"代之；"天下一"得"大"。二者合之得底字"耷"。

齐天大圣独当先（9画字） 猕

注："齐天大圣"为孙悟空，以"孙"扣之；"独当先"得"犭"。两者合之为底字"猕"。

手挽雕弓射弋精（9画字） 拭

注："手挽"得"扌"；"雕弓"为"弋"，"弋"有一义为"系有绳子的箭"，引

申为"弓";"射艺精"指"工",作"擅长"义。"扌、弋、工"三字素合为底字"拭"。

羊左相交共一心(9画字)   差
注:"羊左相交"指春秋时羊角哀与左伯桃故事,明代冯梦龙《古今小说·羊角哀舍命全交》即述此事。入谜直指"羊、左"二字上下交合,先作铺垫;欲求构成"差"字,却感又多一笔,故以"共一心"作为补笔。

亥在地支第几数(9画字)   垓
注:面句设问,谜底作答。"亥"在"十一(数)后",即地支"戌"之后。

句似杜陵脱口成(9画字)   匍
注:杜陵,地名,唐诗人杜甫曾在此居住,自称"杜陵布衣"。故面中"杜陵"扣"甫"字。"句"脱其"口"成"勹"。二字素合成"匍"字。

你左我右同进门（9画字）　　　　　　　　阀
注："你左"为"亻"，"我右"得"戈"，
　　二者同进"门"，得底字"阀"。

张生待月在西厢（9画字）　　　　　　　　胜
注："张生"即看到一个"生"字，"待月"
　　为"月"明取；"在西厢"指明方位，
　　"月"在"生"的西边，合之得底字
　　"胜"。

泪水点点动夫心（9画字）　　　　　　　　浃
注："泪水"也是"水"（氵），"点点"为"丶
　　、"，"动夫心"，把两个"丶"放在"夫
　　心"之中得"夹"字，加"氵"得底字
　　"浃"。

溪云初起日沉阁（9画字）　　　　　　　　洹
注：面为唐•许浑《咸阳城东楼》诗句。"溪
　　云初起"得"氵、二"；"日沉"明取
　　"日"；"阁"通"搁"，作放置解。三
　　字素合之为底字"洹"。

南宫偏袒左边袖（9画字）　　　　　　　哀
注："南宫"为"冂"；"偏袒左边袖"为
　　"衤"，以偏旁借代"衣"。两者合之
　　为底字"哀"。

阶前满地叠残花（9画字）　　　　　　　陛
注："阶前"得"阝"，"满地"扣"土"，"叠
　　残花"得"比"。三者合为底字"陛"。

米芾行楷带草书（9画字）　　　　　　　東
注："米芾"两字系"带草（艹）书"的，
　　要去掉"艹"得"米、巿"；"楷"由
　　字体别解为法式；"行"作行动义，即
　　把"米、巿"二字素以动的法式重叠一
　　起，得底字"東"。

恍见于吉之形散而复聚（9画字）　　　　珂
注：谜面源于《三国演义》第二十九回"小
　　霸王怒斩于吉"之典，由上述传说演化
　　而来。成谜化有典为无典，将"于吉"
　　二字，"形散而复聚"，得底字"珂"。

方在五行外,难离三界中(9画字)　　垣

注:面改自道家术语"跳出三界外,不在五行中"。"方"即"口";"五行"别解为在"金、木、水、火、土"中排行第五的"土"。"方在五行外"即"口"在"土"外;"难离三界中",就是把"三"紧紧地放在"土、口"界中,得底字"垣"。

夕阳西坠人归息,独对分题想非非(9画字)　　是

注:此谜为重扣。上句"夕阳西坠"扣"日下","人归息"得"人",合为谜底"是"。下句"分题"得"是、页","独对"表明只有一个是对的,由"想非非"来决定,"想非非"当为"是"。

寄语江干相别后,从斯阻隔各西东(9画字)　　诬

注:"寄语"得"讠";"江干相别后"即"江无"水"得"工";将"从"阻隔在"工"

字的"西东",得"巫"字,同前"讠"合之得底字"诬"。

横飞千里渺无迹,微雨归巢燕子双(9画字)   俩

注:"横飞千里渺无迹"就是把"千"里面的"横"(一)飞去渺无迹,得"亻";"微雨"即把"雨"少了些,里面空了,让"归巢燕子双"(象形"从")进入,得底字"俩"。

10画字

日落而宴(10画字)   晏

注:底字"晏",把"日"落下一点,即成了"宴"。

先秦前汉(10画字)   倜

注:"先秦"别解为"秦"的先朝"周"(解释为"东周",再转义为周在东即右边);"汉"者男人也,以小概念扣大概

念,得"人"(亻),"前汉"是指要把"亻"放在"周"的前面。

长大一相逢(10画字) 套
注:"长、镸"在《现代汉语词典》中皆列为"长"旁,故相互借代,与"大"一相逢,即成底字"套"。

由我独领先(10画字) 狳
注:"我"义扣"余";"独领先"得"犭",合之为底字"狳"。

禾苗破土生(10画字) 乘
注:把"土"从中破开形似"北",放在"禾"中,生出底字"乘"。

化蝶同心情缱绻(10画字) 恋
注:"蝶"象形为"亦",同"心"得底字"恋"。"情缱绻"提义。

化蝶同心情缱绻（10画字）恋

一是东来一往西（10画字）　　　　　　　　徕
注："一是东来"是于底方位指示，"来"在
　　底字"徕"东面；"一往西"于面方位
　　指示，要取"往"的西部"彳"。

山卧长桥凌汉上（10画字）　　　　　　　　浸
注："山卧"为"彐"，"长桥"象形"一"，
　　"凌汉上"即把二字素凌驾在"汉"字
　　上面，得底字"浸"。

马迹行同一夜舟（10画字）　　　　　　　　烈
注："马迹"扣"灬"，"夜"扣"夕"，"一"
　　明取，"舟"扣"刀"（刂）。底字"烈"
　　由此四字素合成。

行年三十还童心（10画字）　　　　　　　　悝
注：《论语·为政》中有语"三十而立"，故
　　以"行年三十"扣"立"。"还童心"即
　　把谜底的"悝"还以"立"，把此"心"
　　换彼"忄"，得"童心"二字。

齐人有一妻一妾（10画字）　　　　　　　倈
注：面为古文《孟子》中名篇。"人"为
　　"亻"，"妻"为"大"，"妾"为"小"，
　　面上两个"一"字合为"二"。四部合
　　为底字"倈"。

分别名之曰松柏（10画字）　　　　　　　桢
注："分别"提示"桢"字分读（曰）成"贞
　　木"。贞木，经冬不凋的树木，松柏者
　　是也。

明鉴半边钗一股（10画字）　　　　　　　铂
注：面为唐•杜牧《送人》诗句。"明鉴半
　　边"得"日、金（钅）"，"钗一股"象
　　形为"丿"。三部合为底字"铂"。

送君出关独西归（10画字）　　　　　　　逛
注：以"君"义扣"王"，"送君出关"得
　　"王、辶"；"独西归"，令"独"西边
　　的"犭"归来。三部合成底字"逛"。

音乐堪听意会难（10画字）　　　　　　胭

注：此面成谜手法独特。底字"胭"由"因（音）、月（乐）"组成，故以"音乐堪听"扣之；"意会难"说明"胭"不能单独使用，只能同"脂"成词。

陌头春色倍分明（10画字）　　　　　　郴

注："陌头"为"阝"；"春色"五行借代为"木"，"倍"即"双木"，成"林"；"分明"指明显之意。"阝""林"合之分明为"郴"字。

后半部续前半部（10画字）　　　　　　陪

注："后半部"为"阝"，续个"前半部"（咅），得底字"陪"。

客中犹系灞桥头（10画字）　　　　　　涤

注：灞桥，在今西安市东郊，系古人折柳送别之处。谜面中"客"之心部"夂"与"灞桥"二字之先头"氵、木"部相系在一起，得底字"涤"。

挑灯剪烛话前情（10画字）　　　　　　谈

注：将"灯、烛、话"的前部组合，即成底字"谈"。"挑、剪"为字素选取的提示词。

重点难题又突破（10画字）　　　　　　准

注："重(chóng)点"得"冫"，"难题又突破"得"隹"。二部合之为底字"准"。

钱塘江上丽人多（10画字）　　　　　　逦

注：钱塘江，又名之江，"之"相似于"辶"。"人多"申明"人"字多余。

钱塘江水过宁波（10画字）　　　　　　通

注：甬，宁波的旧称。钱塘江，又称之江，"之"相似于"辶"。两字素合为"通"字。

种竹千根养虚心（10画字）　　　　　　笔

注："种竹"得"⺮"；"千"的根部，"养"个"虚心"（七）为"毛"。合之得底字"笔"。

抛却胸中事,念又挂牵心(10画字)　　捞

注:上句把"抛"的"胸(心)中"却去,得"扌、力";下句中"念"转义数字"廿",再挂上"牵心"(丿)。四字素合之为底字"捞"。

我有一绝谜,天下无人解(10画字)　　秦

注:把底字"秦"拆分成"余(我)、一、二"。从面"解谜",即把"我(余)、一"绝掉,可得"天下无人"(二)。反之,把上述字素都放回,则成谜底"秦"字。

襟怀敞见无私心(10画字)　　　　　　衮

注:"襟怀敞见"会意成将"衣"解开,"无私心"反扣为"公"。将"公"放在解开的"衣"中,得底字"衮"。

添一口,增负担(10画字)　　　　　　唤

注:底字"唤"由"一、口、负"组成。"添、增、担"起组合作用。

依稀阙西北，殿坼应东南（10画字）　　展

注："阙"有"缺"义，"依"的西与北稀缺了，余"亻"；"坼"为"裂开"义，"殿"的东与南裂开了，余"屉"。两者合并为"展"字。

疏星惊雁阵，新月挂天边（10画字）　　疾

注：《诗经·绸缪》："三星在天。""雁阵"原象形为"人"，通过"惊"字调整为"厂"，加上三颗"疏星"（丶）得"疒"；"新月"象形"丿"，挂"天"边后得"矢"。二部合为底字"疾"。

江涵雁影秋空阔，月吐蟾光桂蕊香（10画字）　　朕

注：谜为重扣。此面看似复杂，但诗意十足。"江涵雁影"，将象形雁的"人"字倒影为"丷"；"秋空阔"扣"天"，"月吐蟾光"取用"月"，已得底字"朕"。"桂蕊香"为"八月天"，再次以会意形式扣合谜底。

只因自大一点,惹得人人讨厌(10画字) 臭

注:"自、大、一、点(、)"合成底字"臭"。"臭"谁也不喜欢,故用"惹得人人讨厌"来提义。

11画字

口衔枚(11画字) 敇

注:古代行军时,士卒用口衔枚,以防止喧哗,被敌人发现。"口衔枚"入谜别解为将"口"衔入"枚"中,得底字"敇"。

同命鸟(11画字) 翎

注:"令"之义同"命",故扣之;"羽",鸟之毛。二者合之为底字"翎"。

闻风而遁(11画字) 氪

注:"风"者"气"也,"而遁"则"克"之,得底字"氪"。另,"克"有一义为以肩任物,提示字形,"气"在"克"肩。

呱呱坠地（11画字）　　　　　　　　　　旌

注：底字"旌"可拆为"人（ㄅ）方生"，
　　以扣"呱呱坠地"之意。

开边意未已（11画字）　　　　　　　　　掂

注：唐·杜甫《兵车行》诗有"武皇开边意
　　未已"句，这里引用一部分。底字"掂"
　　可拆为"扩占"，以应面。

匹马陷深沟（11画字）　　　　　　　　　淘

注：由地支"午"借代面中生肖"马"，将
　　其陷在"沟"的深处，得底字"淘"。

火到自然熟（11画字）　　　　　　　　　孰

注："灬"古同"火"。底字"孰"，"火
　　（灬）"到后自然是"熟"字。

不为五斗米折腰（11画字）　　　　　　　馆

注：面为多字成语，出自《晋书·陶潜传》。
　　五斗米：晋代县令的俸禄，后指俸禄，
　　引申为底字"馆"（官食）。

曲园延西宾（11画字） 偷

注：俞樾，字荫甫，自号曲园居士，是清末著名学者、文学家、经学家。故以"曲园"借代"俞"。"延西宾"原意为延请家塾教师或幕友，现别解为请来"宾"（客人），以扣"亻"。将"亻"安在"俞"的西边，即得底字"偷"。

连宵携手共相扶（11画字） 掖

注："宵"为"夜"，"手"即"扌"，合为底字"掖"。"共相扶"提义。

半掩村桥半拂溪（11画字） 淋

注：面为唐•杜牧《柳》诗句。"半掩村桥"得"木、木"，"半拂溪"为"氵"，三部合之为底字"淋"。

心如正直别牵挂（11画字） 惚

注："心如正直"指一个"正"的"心"和一个"直"的心"忄"，"别"用"勿"义。三部"牵挂"一起，成底字"惚"。

半掩村桥半拂溪（11画字）淋

包抄截后围谷中（11画字）　　　　　　　　掬

注："包抄截后"余"勹、扌"；"谷"者"米"也，将"米"用"扌、勹"围其中，得底字"掬"。

西江残月照舟帆（11画字）　　　　　　　　涮

注："西江"为"氵"，"残月"扣"尸"，"舟"扣"刀"（刂），"帆"象形为"巾"。四字素合为底字"涮"。

关山月色重（11画字）　　　　　　　　　　崩

注：底字"崩"，"关"掉了"山"字，余"朋"，以扣"月色重"。

口占隐授又完成（11画字）　　　　　　　　寇

注："口占隐"得"卜"；授之"又、完"，即成谜底"寇"。

五丁凿破金牛路（11画字）　　　　　　　　扈

注：谜面典见《华阳国志•蜀志》及《幼学琼林》。底字"扈"拆开为"启

巴",会意为"开启了通往四川(巴)的路"。

回春手切究其中(11画字) 探

注:"回春手切"指医生切脉。"春"按五行借代扣"木",得"木、扌",与"究"中之"宀、八"合之得底。

异地犹存故国心(11画字) 域

注:"故国"特指繁体字"國","故国"之"心"得"或","犹存"在"异地"(土)旁,得底"域"字。

犹见前方春色闹(11画字) 猜

注:"犹见前方"得"犭","春色"为"青",二者合之为底字"猜"。

草木深邃留鸟迹(11画字) 菜

注:"鸟迹",爪痕也,得"爫";将其放在"草(艹)木"的"深邃"处,得底字"菜"。

残月当前十二分（11画字） 尉

注："残月"为"尸"，"当前"得"小"，
　　"十二分"中"二"明用，"十分"换
　　算为"寸"。四部合之为底字"尉"。

海棠开后落残梅（11画字） 淌

注：谜取离合法。谜面"海""棠"二字是
　　离合之母字，二字拆开后得"氵、每、
　　尚、木"四部，其中"氵"与"尚"组
　　成"淌"，"每"与"木"组成"梅"。"落
　　残梅"提示不是"梅"字，故得底"淌"。

料定进出亏十升（11画字） 粜

注："料"拆分为"米、斗"；"进出"明取
　　"出"；"十升"为"一斗"，"亏十升"
　　即缺了"斗"。由"米、出"组合成底
　　字"粜"。

一定要把中国建设好（11画字） 帼

注：底字"帼"，把"一"放上，定能建设
　　出"中国"两字。

烹狗藏弓乃露尔（11画字）　　　　　猕

注："狗"得反犬旁"犭"；"烹"有损减之
　　意，"藏"亦为损减；"猕"损减去"犭、
　　弓"乃露"尔"字。

画旗招展，号召一方（11画字）　　　鄂

注："画旗招展"象形"阝"，"号"召来"一
　　方"（口）得"咢"，两者合之得底字
　　"鄂"。

揭出四人帮，真相大暴露（11画字）　爽

注：因"四人帮"非正人君子，故以"乂"
　　代之。底字"爽"揭出四个"乂"后，
　　"大"的真相就暴露出来了。

放马南山上，方能得苟安（11画字）　萄

注：以"马"扣"午"为生肖对应地支借代，
　　将其放在南边的"山"上，得"缶"；
　　把"方"（口）安进才能得"苟"，故得
　　"艹、勹"。三者合之为底字"萄"。

江东归一羽,无目见乌江(11画字) 鸿

注:谜为双扣。"江东归一羽"之"羽"由
　　人名转义为"鸟",已得底字。底"鸿"
　　折开后得"鸟、江","无目(丶)"即
　　变成"乌江"。

12画字

阳关三叠(12画字) 晶

注:以"阳"扣"日"为同义置换;"关"
　　为抱衬词,有闭合意,"三叠"指三个
　　"日"重叠,即成底字"晶"。

栏低驴高(12画字) 骗

注:"扁"下面象形为"栏",因它在下部,
　　故以"低"扣之;底字余者为"驴",
　　在高处。

理在人从(12画字) 锂

注:底字"锂"有点像"理"跟从在"人"
　　(亻)后。

两小争汤盘（12画字）　　　　　　　　隙

注：谜面典出《列子·汤问》。两小儿辩日，一说如车盖，一说如盘盂；一说沧沧凉凉，一说如探汤。"两小"即为"小、小"，"如盘""如汤"借物体的大小、温度来辨说太阳的远近，故以"汤""盘"扣"阳"，合之为底"隙"。

依山而傍水（12画字）　　　　　　　　湍

注："依山而"指"山、而"相依，"傍水"即傍上"氵"，底字"湍"则明。

登上天安门（12画字）　　　　　　　　阕

注："登上"得"癶"，"天安门"别解成把"天"安在"门"里，合之得底字"阕"。

疑是玉人来（12画字）　　　　　　　　铼

注：面句最早出自唐·元稹《会真记》。底字"铼"的"钅"部"疑是""玉人"，下面像"玉"，上面为"人"；"来"则明用。

一寸相思入病中（12画字） 厨
注：一"寸"明用；"相思"扣"豆"，出于
　　王维的《相思》："红豆生南国，……此
　　物最相思"；"病中"得"厂"。三者合
　　之为底字"厨"。

一点勿挂念在心（12画字） 葱
注："一点勿"合为"匆"，"挂念（艹）在
　　心"，合之为底字"葱"。

十个故人九个亡（12画字） 援
注：故人扣"友"，"亡"别解为逃亡，十友
　　逃去九个，底分解成"抓一友"。

杜鹃叫落西楼月（12画字） 棚
注：谜面为宋·朱淑真《春宵》诗句。"杜
　　鹃叫落"别解为：杜绝"鹃"字中的
　　"叫"（即"鸣"）余下"月"；"西楼"
　　为"木"；"月"直接取用。合之为底
　　字"棚"。

田上禾穗颗粒多（12画字） 番
注：底字"番"，由"田"与上面的"禾"
　　及"颗粒"（丷）组成。

此系何字少一撇（12画字） 紫
注：面问底答。"此系"少了一"丿"，得底
　　"紫"字。

残红帘上月西厢（12画字） 腔
注："残红"为"工"，"帘上"得"穴"，
　　"月"直接取用，"西厢"指"月"的
　　方位在西边（即左边）。

顶礼参阐遁释门（12画字） 禅
注："顶礼"指"礻"，"参阐遁释门"拆字
　　得"单"。此谜可用形义双扣来解释。

春光化日补天手（12画字） 揍
注："春光化日"得"夫"，"补天手（扌）"
　　得底字"揍"。

诗圣诗仙姓名连（12画字）　　　　　　楮
注：诗圣为杜甫，其姓"杜"；诗仙为李白，其名"白"；"杜"与"白"连在一起得底字"楮"。

一直为儿忙廿载（12画字）　　　　　　慌
注："一直为儿"即把"丨"放在"儿"的中央；"忙"直接取用；"廿"与"卄"同，"载"即把"卄"放进去。

马上相逢拱手别（12画字）　　　　　　巽
注：十二生肖"马"的上面为"蛇"，对应的地支为"巳"，"相逢"指有两个"巳"；"拱手别"得"共"。三部组成底字"巽"。

说尽心中无限事（12画字）　　　　　　皖
注：面为唐•白居易《琵琶行》诗句。底字"皖"拆开为"白完"，别解为"把话说完了"以应面意。

壁随风灭,三计原来一样同(12画字) 焱

注:面似讲述"火烧赤壁"故事。"壁"象形"一","随风灭"得"火";"三计原来一样同"别解为"三个'火'字一样同",得底字"焱"。

浪迹无踪多少载(12画字) 溉

注:底字"溉",既有"浪迹",又有"无踪",为"浪"少了点,为"无"多了点,只能通过"多少载"来调整。

樱桃玉粒值千金(12画字) 喽

注:"樱桃"为"口","玉粒"即"米","千金"为"女",三个借代合成底字"喽"。

曾记津前为后约,愿从千古结同心(12画字) 浒

注:"曾记津前"得"氵","为后约"指明为后句所用;"千古结"得"舌","同心"为"忄",三部合之为底字"浒"。

少驻江头迷望眼，果然秋水浅笼沙（12画字）　　　　　　　　　　　渺

注：谜为双扣。上句"少驻"点明"少"直接取用，"江头"得"氵"，"迷望眼"即以"目"代"眼"，底字已明；下句以"秋水"扣"目"，取"目若秋水"之意，"浅笼沙"得"沙"，二次扣底。

关河不可共相叙，分定三秦入汉中（12画字）　　　　　　　　　　　㵦

注：题面似说楚汉相争之事，又似说光武西击公孙述事。上句"关河不可"意为去掉"河"之"可"部，得"氵"；"共相叙"乃指"氵"相共"叙"字，成"㵦"。下句"分定三秦"犹言去掉"秦"上部之"二"，剩"佘"；"入汉中"则将"佘"加入"汉"字之中，亦成底字"㵦"。

13画字

一春镇日闭闲门（13画字）　　　　　　　楂
注："一"在底直接取用，"春"五行借代为
　　"木"，"日"直接取用，"闭闲门"又
　　得"木"，四部合之为底字"楂"。

水色回迁远树间（13画字）　　　　　　　滟
注："水"为"氵"；"色"直接取用；"远树"
　　象形为"丰"，将其回迁"氵、色"间，
　　即得底字"滟"。

六桥衔日映西湖（13画字）　　　　　　　溟
注："六桥衔日"中"六、日"直接取用，
　　"桥"象形为"冖"，"西湖"得"氵"，
　　四部合之为底字"溟"。

半掩浣花子美居（13画字）　　　　　　　蒲
注："半掩浣花"得"氵、艹"，"子美"为
　　杜甫字，故扣"甫"，"居"为抱合词，
　　三部组合得底字"蒲"。

此盉罢后先吻别（13画字） 嗑

注："此盉罢后"得"皿、去"，合为"盍"；
"先吻别"指底"嗑"将"先吻（口）别"
后为"盍"。盉，即"杯"。

曲水行舟画里春（13画字） 剿

注："曲水"为"巛"；"行舟"得"刂"（刀）；
"画里"为"田"，"春"扣"木"，合
之为底字"剿"。

酒倾浮大白（13画字） 猷

注："浮大白"原指罚酒。典出汉·刘向《说
苑·善说》："饮不釂者，浮以大白。"
入谜将"酒"字倾成"酉ソ、"；浮现
"大"字，谜底即明白，为"猷"字。

出山十里便不清（13画字） 溳

注："出山十里"即把底字"溳"中右上角
的"凵、上"出掉，得"浊"以扣"便
不清"。

弄徽几换个中丝（13画字）　　　　　　微

注："徽"，弦之绳，以"几"换"糸"成
　　"微"。

杜门镇日看残篇（13画字）　　　　　　简

注："杜门镇日"取"门、日"；"看残篇"
　　为"竹"，三者合之为底字"简"。

近水楼头春夜月（13画字）　　　　　　溱

注："近水楼头"得"氵、木"，"春夜"无
　　日，得"夫"，"月"象形为"丿"，四
　　字素合之得底"溱"。

沐李荣桃处处春（13画字）　　　　　　楞

注：拆底字为"四方木"或"木四方"以回
　　应谜面。"沐、李、荣、桃"四字中均
　　有一"木"，且按或东西南北，或上下
　　左右之"四方"而居；"处处春"则提
　　示面句前半段四字皆有"木"字，系以
　　"春"借代"木"。

金多沙少混中看(13画字) 滏

注:底字"滏"从"混中看":其中"金"字上面的"人"成了"乂",多了点;其中"沙"字少了"丨",少了些。

京内一重紫禁城(13画字) 稟

注:"一重"得"二";"紫禁城"象形为"口";将二字放在"京内"得底字"稟"。

莺莺待候西厢人(13画字) 催

注:"莺莺"为《西厢记》人名"崔莺莺",故扣"崔";"西厢"指方位;"人"即"亻"。两字素合之得底字"催"。

偏安 隅召归师(13画字) 嬪

注:"偏安"别义指"安"字上下偏斜;"师"字同义置换成"兵","召归师"指将此"兵"召至偏斜后的"安"字一隅(右下角疏落处),得底字"嬪"。

雁阵三行北斗中（13画字）　　　　　　痎

注："北斗"为七星，象形七个"丶"；"雁
　　阵三行"象形为"厂、人、人"，将其
　　放在"北斗（七星）中"，得底字"痎"。

碧野临秋一片黄（13画字）　　　　　　蓑

注：底字"蓑"拆开为"艹（草）、衰"，
　　会意扣合面意。

回廊挑一角，倒影入湖中（13画字）　　鄙

注："回"直接取用，"廊挑一角"得"阝"，
　　"湖中"的"古"字为倒影为"呙"，
　　合之为"鄙"。

长桥卧波，未云何龙（13画字）　　　　鲎

注：面为唐•杜牧《阿房宫赋》句。"长桥"
　　象形"冖"；"卧波"为"⺌"；"未云
　　何龙"，未出现云，何来的龙呢？古有
　　"鲤鱼跳龙门"之说，未成龙者，扣
　　"鱼"。三部合之为"鲎"。

樽前明月下,顾影共三人(13画字) 椿
注:"樽前"为"木","明月下"得"日","共三人"为"夫",合之成底字"椿"。

14画字

亲手细安排(14画字) 摞
注:"亲手"为"扌",繁体的"细"(細)重新安排一下得"累",二部合之为底字"摞"。

除夕猜隐虎(14画字) 夤
注:"除夕"指底字"夤"除掉"夕"后得"寅","寅"肖属"虎",故以"隐虎"扣之。

相思几度在葵心(14画字) 凳
注:以"相思"借代"豆","几度"取用"几","在葵心"得"癶",三者合之为底字"凳"。

小霸王项充(14画字) 　　　翡

注:《水浒传》中有小霸王周通、八臂哪吒项充,今谜面将这两个人物合在一起。"霸王"原指楚霸王项羽,面顿读成"小霸王项/充",意为此霸王是冒充的,扣合底字"翡",拆开为"非羽",意指不是项羽。

十扣柴门六不开(14画字) 　　　摘

注:底字"摘"由"十、扣、柴门(象形'冂')、六"组成,"不开"指合在一起。

但闻左右尽歌声(14画字) 　　　戬

注:底字"戬"左右部件的读音为"尽歌"。

情急无心垂钓钩(14画字) 　　　静

注:"情急无心"别义指"情、急"二字除去"心"(忄)部,余"青、刍";"垂钓钩"象形作"亅"。三字素合成底字"静"。

婺江杨柳半笼烟（14画字） 溇

注："婺江杨柳"一半被烟笼罩，得"女、氵、木、木"，合之为底字"溇"。

衔草衔泥方叠垒，梁间的是燕双栖（14画字） 蔷

注："衔草"得"艹"，"衔泥"为"土"，"方叠垒"扣"回"，"梁间的是燕双栖"象形为"丷"，四部合之为底字"蔷"。

为文正草半参写，此草犹疑马上书（14画字） 蔫

注："为文"指明底字"蔫"由"正"、"草"（艹）、"半参写"（"寫"的下部）组成；后句"犹疑马上"指"马"（馬）和"蔫"的下部字形相似，与"草"（艹）组成。

15画字

一日小羁狄县中（15画字） 獠

注：底字"獠"由"一、日、小、狄"四字

组成，"羁、县中"均为连接抱衬词。县，通"悬"。

十里南湖一望中（15画字）　　　　　潮
注：将"十、一"放在"湖"字南边和当中，即成底字"潮"。

同僚合掌已无人（15画字）　　　　　撩
注：以"掌"扣"手"（扌），同"无人（亻）之"僚"合"作，得底字"撩"。

伸手——落重帘（15画字）　　　　　撺
注："伸手"为"扌"；"重帘"指"帘"下面的"巾"重叠，再将"一一"落进去得"窜"。二部合之得底字"撺"。

此人靠天佑（15画字）　　　　　　　儋
注："此人"得"亻"；"靠天佑"由原意"靠天保佑"转义为依靠"詹天佑"，以人名借代得"詹"，合之为底字"儋"。詹天佑者，中国铁路之父也。

天佑学说（15画字） 谵

注：詹天佑，中国近代铁路工程专家，中国首位铁路总工程师。以"天佑"借代"詹"，"学说"为"言"（讠），合之得底字"谵"。

迷蒙之中又复苏（15画字） 蓀

注："迷蒙之中"得"艹、冢"，"又复苏"扣"生"，三者合为底字"蓀"。

良人相会弹冠庆（15画字） 餍

注："良人相会"得"食"；"弹冠庆"即将"庆"之冠"丶"弹落在"大"之肩上，为"厌"字。合之得底"餍"。

念悬千里不开怀（15画宁） 懂

注："念悬"指"艹"高悬，"千里"得"重"，"不开怀"为"忄"，四者合之为底字"懂"。

相思情寄尺水间（15画字）　　　　　　澍

注："相思情寄"借代为"豆"，"尺"换算
　　为"十寸"，"水"即"氵"，"间"为
　　抱合词。

积攒十文当一文（15画字）　　　　　　稷

注：底字"稷"由"积、十、夊"攒合而成，
　　此"夊"非彼"文"，故以"当一文"
　　整之。

提起从前泪痕在（15画字）　　　　　　箭

注："提起从前"即把"从"提起放到"前"
　　的上面；加上"泪痕（两点）"，得底
　　字"箭"。

篱横竹覆处，隐隐有人家（15画字）　篇

注："篱横"象形"冊"；"竹覆"为"竹"；
　　"有人家"指"户"，"隐隐"指"户"
　　隐在底字之中部。

多笔画字

冰透寒衣（多笔画字） 寋

注："冫"为古"冰"字，"透"有"显露"义，在底字"寋"中"显露"出"冫"，即得"寒衣"两字。

狼羊毫笔（多笔画字·遥对格） 㹝

注：谜底可拆成"牛角刀"，与谜面相对。

一犬吠形声四起（多笔画字） 器

注："一犬"直接取用"犬"，"吠"形"声"四起，得四个"口"，底字已明为"器"；"声四起"提音，指底字读音为"起"，读第四声 qì。

广寒宫里妄思凡（多笔画字） 嬴

注："广寒"扣"月"，"宫里"为"口"，"妄思凡"取用"妄、凡"，四部合为底字"嬴"。

叉手旋成五首绝（多笔画字）　　　　　擎

注："叉手"原指唐诗人温庭筠事。载五代·孙光宪《北梦琐言》卷四。"叉手"入谜当暗示底字中必有一"手"。"五首绝"则为五首绝句，绝句每首四句，五首计二十句，亦即"廿（卄）句文（夂）"。上述几个字素交"叉手"即"旋成"底字"擎"。

四面环山共拱北（多笔画字）　　　　　冀

注："四面环山"得"田"；"共、北"直接取用，合之得底字"冀"。

此中有一负心人（多笔画字）　　　　　懒

注：底字"懒"可拆分为"中、一、负、心（忄）、人"。

果然把田作等分（多笔画字）　　　　　噪

注：把"果"分成"木、田"，再把"田"等分成四个"口"，合之为底字"噪"。

中外欢度儿童节（多笔画字）　　　　　　禧

注："六"中文，"丨"外文，由"中外"点明，此"六丨（礻）"扣儿童节；"欢度"为"喜"。

星星傍晚斜村头（多笔画字）　　　　　　樽

注："星星"象形为"丷"；"傍晚"为"酉"时；"斜村头"即将"村"字高低参差，同前二字素结合，得底字"樽"。

斜月状灯照半边（多笔画字）　　　　　　燃

注："斜月"指把"月"斜一点，"状灯照"之半边得"犬、火、灬"，四部合为底字"燃"。

唯马牛羊鸡豕可祀祭（多笔画字）　　　　獴

注：古人祭祀用六畜，即马、牛、羊、猪（豕）、狗、鸡，面中唯不标"狗"（犭），即说明"犭"被"蒙"了。故得底"獴"。

得心应手皆如意（多笔画字）　　　　　　　撼
注：得"心"直接取用；"应手"为"扌"；
　　"皆"扣"咸"；"如意"，依照本意，
　　作抱合之用。合为底字"撼"。

皆存二颗不同心（多笔画字）　　　　　　　憾
注："咸"有"皆"义，"二颗不同心"指
　　"忄、心"，三者合为底字"憾"。

滴水檐头漏泄春（多笔画字）　　　　　　　澹
注："滴水"为"氵"，"檐头泄漏春（木）"
　　得"詹"，二部合之为底字"澹"。

旧车并驾轴心短，牵引辔头落马前（多
笔画字）　　　　　　　　　　　　　　　　缰
注："旧车"指繁体"車"，"并驾"为"車、
　　車"，"轴心短"则成了两个"田、二"；
　　"牵引辔头"得"纟"；"落马前"得
　　"一"，而底字"缰"只有三个"一"，
　　加此"一"方能与谜面前句匹配。

两山对峙形成谷，一水中流入酒卮（多笔画字） 盌

注：底字"盌"的上部象形为"两山对峙"，"水"放中央，"酒卮"为"皿"。

老树依然姿未减，枝头斜出一杈生（多笔画字） 橱

注："老树"指繁体字"樹"，"依然姿未减"是指入底时多了一个"加"（十），"枝头斜出"象形为"丿"，"一杈生"是将"一、丿"生成"厂"，底字"橱"即明。

月落星光一雁孤（多笔画字） 膺

注：底字"膺"，将其"月落"、"星（丶）光"，余一孤"雁"。

生死关头怀卞璧（多笔画字） 镤

注："生"之头为"丿"，"死"之头为"一"，二者关合为"𠂉"；"卞璧"扣"璞"，合而为"镤"。

双方上京直进表（多笔画字）　　　　　　襄
注："双方"为"口、口"，"上京"得"亠"，
　　"直（丨）"进"表"后，即得底字
　　"襄"。

枪林弹雨压轻舟（多笔画字）　　　　　　懋

注：以"枪"代"矛"；"林"直接取用；
　　"弹雨"象形三个"丶"；"轻舟"象形
　　"乚"，将三点压上即得"心"，底字
　　"懋"当即呈出。

雄鸡唱止日光开（多笔画字）　　　　　　蹈
注："雄鸡"扣"羽"；"唱止日光开"即把"唱
　　止"之"日光开"，得"口、日、止"，
　　加"羽"，即成底字"蹈"。

裁出内衣异旧装（多笔画字）　　　　　　戴
注："异旧"特指"异"的繁体字"異"；
　　"裁出内衣"得"戈"，把其装进"异
　　旧（異）"，即成底字"戴"。

接客前来同祀奠（多笔画字）　　　　　　　擦

注："接客前来"得"扌、宀"，"同祀奠"
　　转义为"祭"，合之为底字"擦"。

短笛横吹口含春（多笔画字）　　　　　　　簌

注："短笛横"指"竹"；"吹"直接取用，
　　但其中"口"含有"春"（木）成了
　　"欶"。两者合之为底字"簌"。

谪仙唯尽此杯后，点笔蛮书万字来（多
笔画字）　　　　　　　　　　　　　　　橄

注："谪仙"扣"白"；"唯尽此杯后"得
　　"木"；"点"即"丶"；"书"扣"文"，
　　"蛮书"将此"文"写成了"夂"；"万
　　字来"直接取用"万"。诸字素组合成
　　底字"橄"。

但愿一识韩荆州（多笔画字）　　　　　　　靦

注：面为唐•李白《与韩荆州书》句，前句
　　为"生不用封万户侯"。会意底字"面、
　　贵"。

旧社会师傅传艺（多笔画字） 　　　　　　籥

注：将底字"籥"分解为"个""个""留"
　　"手"（扌），以符合面意。

半亩方塘回曲栏，一轮圆月转斜風（多
笔画字） 　　　　　　　　　　　　　赢

注："半亩"得"亠"；"方塘"象形"口"；
　　"回曲栏"象形一拐（乚）；"一轮圆月"
　　直接取用"月"；"转斜風"（必须用繁
　　体"風"）转斜后得"虫、凡"。诸字素
　　合为底字"赢"。

细算缺一亩（多笔画字） 　　　　　　篡

注："亩"有一义为"田的高处"，故扣
　　"田"；"细算"缺"田"后，形似底字
　　"篡"。

莺啼几度又芬芳（多笔画字） 　　　　馨

注："莺啼"得"声"，"几度又"得"殳"，
　　"芬芳"为"香"，合成底字"馨"。

文章江右开先贤(多笔画字) 赣

注:"文章"直接取用"攵章","江右"得
 "工","开先贤"则为"贝",四部合
 为底字"赣"。

拼一品纱帽,耿直为怀直进表(多笔画
字) 橐

注:将底字"橐"拆开,可得"一、品、冖
 (象形纱帽)、丨(此'丨'为耿直,
 要进'表'中)、表"等字素。

作品赏析

水没尾生犹抱柱（5画字）汁

林人骅/评析

谜面写的是战国时期鲁国有一位最守信的人名叫尾生，他与一位女子在桥下约会，女子未来，水却上涨，尾生还不离开，结果抱桥柱而淹死的故事，使人读之无限感慨。

乍看谜面，不免使人徘徊在"信"与"义"两个死胡同中而理不出头绪来。有人认为尾生因女人而死应该猜"姻"字，从面意看，亦勉强解释得通。余曰：善谜者措面一字一画意要紧扣谜底，"勉强解释得通"是不行的。原来，作者把"水没"视为多水而得"氵"；将"尾生"视为"生"字之尾而得"一"；"柱"字却用象形之法变成"丨"形；"犹抱"两字作为抱合词把"一"与"丨"合成"十"，于是"氵、十"组合成了"汁"字。此谜面句运用典故，实则运用离合、象形之法，故余谓作者明修栈道，暗度陈仓，以典实回互其辞，使昏迷也。最后以离合、象形暗扣"汁"字，此乃有典化无典之范例，正符合谜禅所谓"用字如用兵"之理。

世无完人，金无足赤，若以谜艺的玉尺来衡量此谜的艺术，余谓尚未达到精湛的地步。谜禅对离合法有明确的规定："变则通，不变则不承不变。"说的是谜面文字倘一字变后，谜底所有文字都要变。而"不变则一点都不变"，则是说：谜底文字每画都来自谜面的文字之中，此谓大乘制谜者的火候功力，而此谜有"柱"字象形属于半变，故曰似白玉有瑕，然而无碍整体灯谜艺术大观。

织杼半融读书声（7画字）纾

赵首成/评析

"织杼半融"之双关意为："织""杼"二字拆开，各融合其半——可得一"织"字、一"纾"字。"读书声"别义犹：读作"书"字之声调。"织"与"纾"中，"织"

读如"只",不符合"书"音,故排除;而"纾"正读"书"字音,因此即是谜底之字。

领会谜面,唧唧杼声与琅琅书声交织出一幅旧时男读女织的生动图景。仅此恬恬优美之意境已足以使人陶醉其中而散虑逍遥,何遑再论其谜技神乎其神、谜味谏果回甘乎!

宋江屏盖夺水泊(7画字)杠

章健儿/评析

《水浒传》中的主人公宋江,在施耐庵笔下,似乎是一个"一生忠义"的代表。然而作者对宋江的"义",自有不同见解。此谜题面,即意在揭露宋江夺取梁山泊寨主的虚伪行径。

细细析来,此见不无道理。话说晁盖曾头市中箭,临终就有言在先:"若那个捉得射死我的,便叫他做梁山泊主。"可是晁盖尸骨未寒,宋江便以吴用、李逵等一帮铁哥们"山寨岂可一日无主"的劝说为由,顺水推舟来了个"今日小可权当此位"坐了头把交椅。殊不料卢俊义生擒了射杀晁盖的史文恭，宋江竟假作推让，玩了个二人拈阄各攻东平、东昌二府，先破城者为寨主的花招，堂而皇之成了首领。

由此可见，谜面所言"宋江屏盖"，当指"宋江屏弃晁盖之遗言"确系背信弃义之举。但从谜意来解，则将"宋江"二字，用"屏盖"别义损去"宀"，取"水泊"之谬义为"泊"留在"江"字边的"氵"，继用"夺"字作离损；所余"木""工"两个字素，合成一个"杠"字。自古英雄行事皆以"信义"为本，而宋江屏弃晁盖之遗言，横生枝节自立规则，赚得寨主之位，这一"杠"插得实在不光彩，哪里还有"信义"可言？

勿向铜钱眼里钻（7画字）囮

刘　旭/评析

钱是个好东西，它虽不是万能的，但人们万万不能没有它。那些贪婪的为官者，钻了一生的钱眼，又有几个能避免被人骂呢？所以，谜作者告诫人们：勿向铜钱眼里钻。铜钱是古代用铜铸成的钱。铜钱眼，就是这种铜钱中间的孔。虽有圆的，但绝大多数是方形的。作者有感于此，遂故施谜障，巧隐谜法，以"铜钱眼"象形会意方框，即"囗"；以"勿向、里、钻"等字词限定："勿"只能钻进铜钱眼即"囗"里，可得"囫"，而不是"勿"在"铜钱眼"的旁边，构成"吻"。全谜通畅流利，干脆稳妥，不露声色，生动象形，使人信服。尤其"里、钻"的应用，使全谜充满活力和情趣，不失为一则字谜佳作。

银汉双星，一隐一现（7画字）妞

蔡经湘/评析

"银汉"即银河。"银汉双星"特指隔着银河的牵牛星和织女星。这两星合称"牛女"，传说每年农历七月初七聚在一起。《幼学琼林》有"牛女两宿，唯七夕一相逢"句。由这一天文现象衍生出一则有趣而动人的神话故事。谓织女乃天帝之孙女,长年织造云锦。天帝怜她辛勤,便把她许嫁给河西牵牛郎。织女嫁给牛郎之后,织锦工作停顿,天帝被激怒,命令她与牛郎分开,只准他俩每年乞巧节相会一次。相会之时有乌鹊飞集成桥,让织女行过,称为鹊桥。后来人们就把牛女二星比喻为情侣,在婚联中借牛女二星的故事对新人表达祝福,如:"银汉双星,金秋七月;人间巧节,天上佳期";"才子佳人世间二美,牛郎织女天上双星";等等。

谜作者借用这一脍炙人口的典故,用一隐一现两条线索来暗示谜底系"牛女"二字素之合形。其中一个明用"女"字,另一个则较隐晦,须从十二生肖中去推出"牛"属"丑"。"女、丑"两字素构成"妞"字。星宿隐现本乃自然现象,然而在谜中却暗示谜底字素的隐现。谜面通达而扣法工巧,既隐又现,谜趣顿生。

山径一弯带雨痕（8画字）函

吴融杭/评析

宋代诗人张耒在《初见嵩山》中写道："日暮北风吹雨去，数峰清瘦出云来。"今柯老此谜题面即具有相类的诗境。山雨初霁，越显出清新苍翠之色，峡气回荡，流云蒸腾，更有一条樵者窄径，逶迤盘旋，时隐时现点划其间，真个是"云山一一看皆美，竹树萧萧画不成"。

"函"字底部"山"字直映；上部"横折"则象形而成"径一弯"；余下中部"四点"，突发奇想，竟以"雨痕"来布达，可谓神机妙笔；"带"字以动词作抱合串联。

字谜创作不仅需要使谜面具有形式美与内涵美，在扣谜时也需认真考虑谜面意境而设辞。在抱合词与离损词的运用上应不断发掘和创新，因为汉语词汇极其丰富，是任何人都挖掘不完的宝藏。现在不少作者在这方面做得还不够，喜欢以熟词来效仿。继承是一种方法而不是目的,只有通过继承和"临摹",发现一些新的东西,才能使自己有质的飞跃。像柯老以"雨痕""会意离损",也是在理解前人诗作和谜作的基础上,突闪"灵感"而来,多读这样的经典作品,必能从中获得收益。

度此春秋可避秦(8画字)炅

汪德亨/评析

读此谜面,不由想到谢枋得《庆全庵桃花》诗:"寻得桃源好避秦,桃红又是一年春。"面句当是说陶渊明笔下的桃花源,但作者另辟蹊径,以典布疑,扣底完全抛开原意,只抓住"春秋""秦"三个字做文章,将底面融为一体。"春秋"二字可分为"夫、日、禾、火"四个字素,若避开"秦"字的两个字素"夫、禾"则只剩下"日、火",于是可构成谜底"炅"字。至此可知谜面当解释为"忖度此(炅)字,必是春秋二字避去秦字而成"。全谜分析清楚，字部显明，而撰面更显生动巧妙。

二帝蒙尘（9画字）珏

吴仁泰/评析

"蒙尘"一词，乃旧时帝王或大臣逃亡在外，蒙受风尘之谓。谜面则指北宋靖康之变的历史事件。靖康元年（1126）十一月，金完颜宗翰（粘罕）率领东西两路军队在开封城下会师，开封陷落，钦宗请降。二年（1127）三、四月，全军退师，将徽钦二宗、后妃、宗室、部分臣僚以至能工巧匠、倡优及仪器、书籍、地图、府库财物掳掠一空，回北而去。至此，北宋遂亡。世称徽、钦被掳为"二帝蒙尘"。作者拟谜，不取典意，而以字义入扣。底文之"珏"，析之可成"王""王""丶"三个字素，"王""王"系同义转换扣"二帝"，意通可解；"丶"状细如灰土而扣"尘"，形象逼肖。"蒙"字关联有力，意动生趣。尤以"二"字双关微妙，明指数字（两个王），暗寓顺序（第二个王），点明了蒙尘之处。此谜分扣固然贴切，浑扣更觉传神。横看成岭，侧看成峰，视解虽异，其秀则同。善字谜者，可于无变化中求变化，斯谜是也。

恍见于吉之形散而复聚（9画字）珂

蔡　芳/评析

谜面源于《三国演义》第二十九回"小霸王怒斩于吉"之典。孙策自霸江东，怒琅琊宫道士于吉妖术惑众，将其斩首号令示众，只见一股青气投东北而去。后孙策入玉清观焚香，忽香炉中烟起不散，结成一座华盖，上面端坐着于吉。走离殿宇，又见于吉立丁殿门首。比及出观，又见于吉走入观门来。传令放火烧毁殿宇，火起处，又见于吉立于火光之中。

"恍见于吉之形散而复聚"，由上述传说演化而来。究其传说自是荒诞不经，迷信色彩亦无可取，而成谜却故弄玄虚，无中生有，若隐若现。"于吉"一词双关，题面用典则指人名，谜因自作不典，扣合仅作两个字形看。按谜面提示，将"于吉"二字之形拆散（为"丁、一、士、口"）后再重新聚合，即具崭新形态，谜底"珂"字乃现。严格来说，"珂"字左边是由"一土"构成，与"一士"尚有差异，而谜人自有回春之术。谜面上"恍见"本系衬词，于谜中却起到表达笔画离散聚合重新拼排后情状相似的作用，将"形似"升华到"神似"，这是神来之笔。

此谜系有典化无典之作，"假作真时真亦假，无为有处有还无"，曲径通幽，引人入胜。若非慧眼识谜，安得拨云见日，豁然开朗。赏之鉴之，益感字形之多变，谜趣之盎然。

片月孤舟一叶横（9画字）适

汪德亨/评析

谜面诗句淡朴，透出一股清幽。月夜、空江、孤舟，给人以无限遐想。也正像宋人王质《长相思》词中所描写："风泠泠，露泠泠，一叶扁舟深处横，垂杨鸥不惊。"情景缠绵，极饶韵致。但入谜则采取字形的拆合和象形方法扣底。"片月"以象形法得"丿"，"孤舟"取偏旁"辶"，这些都是常用之手法。此谜关键之部在"一叶横"获得"古"字，给人以惊奇，给人以趣味。至此将所得三部字素"丿、辶、古"拼合成谜底"适"字。

此谜成谜紧凑完整，语气浑圆，底面关合密切；尤其面句文采清丽，读之有空旷寂静之感，营造出"幽静宁谧、天人合一"之境。

作者曾说："北派谜确是以诗言谜，决非借谜拟诗句可比，灯谜能够诗谜深化，情谜融合,可见北派谜妙出神奇的艺术特色。"我观此谜确已达此境界。

羊左相交共一心(9画字)差
吴仁泰/评析

春秋时期,燕人左伯桃与羊角哀为友,闻楚王知人善任,乃同往投之。途遇雨雪,干粮不足,预料不能两全,伯桃乃将衣食合并与哀,自入空柳中死。羊角哀入楚后,为上大夫,遂启树发伯桃之尸改葬,并自杀殉友。明代冯梦龙《古今小说·羊角哀舍命全交》所写即这一故事。

作者明供历史典事,暗运白描手法。"羊左相交",直指"羊、左"二字的上下交合,于此先作铺垫;欲求构成"差"字,却感又多一笔,故以"共一心"作为补笔。如此拟题,则既符史实,又为谜暗示,说明"差"字中心只共"一"字,可谓妙语双关,巧不可阶。此谜题文前四字若水乳"交"融,合形中寓山重水复;后三字如比干剖"心",减笔时见柳暗花明,运词扑朔迷离,总显艺术手段。

海棠开后落残梅(11画字)淌

赵首成/评析

在这条谜中,谜面的"海""棠"二字系离合之母字,"海"字、"棠"字拆开后,计得"氵、每、尚、木"四部。其中,"氵"与"尚"组成"淌","每"与"木"组成"梅"。题面"落残"既可理解为从"海棠"里凋落摧残去一个"梅"字,更可理解为"海棠"若除开了假设的底字"淌"之后,落得一残存的"梅"字。

这是一则字谜创作中具有无上境界的通灵神品。就目前而言,面上母字离位合形扣住底字以后,余部仍能成一字,并又巧妙地在面上揭示而出者,于作者止此一谜而已,于谜坛亦仅此一例而已。本谜"外极其像,内极其意"(借用作者《灯下偶拾·制谜》语),兼有千思所得之"奇"与妙手偶得之

"巧",故能赏之清丽芊绵,诵之摘振金玉,味之齿颊留香!

半拂村桥半拂溪(11画字)淋
吴融杭/评析

桃树和杨柳是初春江南最有代表性的象征。清•张问陶《阳湖道中》:"百分桃花千分柳,冶红妖翠画江南。"柯先生家住江南,自然对家乡的美丽景象观察体会颇深。此谜题面以诗人之感观和谜家的睿智,活画出乡村恬静优雅、清朗闲逸的自然风貌。不着"柳"字,而柳条却摇曳于石桥水岸,硬是将读者融入于"杨柳岸,晓风残月"之中了。

"拂"字在面句中为"甩动、飘荡"义,关底却用"拂拭、抹却"义,故以此作为运谜的离损词用。入谜"半拂村桥"即谓"村桥"二字存"林","半拂溪"则只留"氵",合而成"淋"。

此谜底材成谜不难,故作者也较多。体

制不一，趣尚不同，但柯老此作运法最为显明简练，所谓"大道至简至易"，只求把握重点：一则重意趣而不穷技巧，重实质而不求炼辞；二则解底时也循诗法，面句不作破读，以七言标准四三句读，明确响亮。至于从中可以悟到的炼句技艺，则有心人自然能觅得会心之处。

异地犹存故国心（11画字）域

叶国泉/评析

许多中国人尽管移居海外，独在异乡为异客，但依然无时无刻不在关注着祖国的变化与进步，这种对祖国母亲魂牵梦萦的眷恋之情是根深蒂固，永不磨灭的。本谜有两个字 —"异"与"故"，具有举足轻重之作用。"异"指不同的或另外的，因此，"异地"应别解成：与"地"含义相同但写法不同的字，即"土"字。最妙者是"故国"，"故"指从前的或旧时的，由于"国"是现在的简化字，那么"故国"则应指从前的

"国"字,即繁体字"國"。"故国心"即"國"的中心,必是"或"无疑。"异地"的"土"与"故国心"的"或"合二为一,便组成谜底"域"。这种"故国"式制谜手法一问世,可谓开了繁体字与简化字相互照应扣合之先河,后人仿效不绝。

杜鹃叫落西楼月(12画字)棚

吴旭初/评析

杜鹃啼叫,其声凄楚,彻夜不休,正如谜面"叫落西楼月"一样。李商隐《锦瑟》诗中有句:"望帝春心托杜鹃。"此乃蜀帝杜宇魂魄化为杜鹃的典故。秦观的《踏莎行》词句云:"杜鹃声里斜阳暮。"这与"杜鹃啼到无声处""泪血染成红杜鹃"一样惹人心酸,心绪不宁,连西楼的月儿,也为之感动,慢慢从高空落下。词人李清照《一剪梅》词句云:"云中谁寄锦书来,雁字回时,月满西楼。"西楼望月,恨雁来无书。

谜面虽属怨词,然在拆字谜上,殊不知

其中别有妙招,一旦顿读,整体发生变化,趣味无穷,而杜鹃非花非鸟了。作者把"杜鹃叫"拆字分扣:"杜"字作动词为杜绝;"鹃"字踏实;啼叫作"鸣",以顿读别解分拆而剩"月"字。西楼"木"和"月"字,初看以为从"杜鹃"二字损去,实则经上面变化而二部保留下来,合而成为"棚"字。谜之多变,不外如斯。

关河不可共相叙,分定三秦入汉中
(12画字)淑

蔡大金/评析

当代优秀运典拆字韵谜。关河:泛指边关险塞。三秦:今陕西一带。汉中:治辖在今陕西南郑一带。

关河不可共相与,不破楼兰誓不还。祖国山河是不可拱手相与的。谜面把"与"字改为"叙"字,结果意思全变了。究竟作者是"叙"古人之奋激,还是"叙"今人之感叹呢?两者好像都不是。谜文大意为:有关祖国山河的大事怎么可能与你随便讨论呢，还是分剿先定三秦，兵入汉中再说吧。

还是来谈谈这条谜的精湛谜法和艺术成就吧。上句"关河不可共相叙"的"关"别解作"关于"，与"共相"同为谜语配词，灯谜术语叫"抱衬词"。本句主拆"河"。"河"不得"可"，尚留水旁（氵），与"叙"相共为"溆"。下句"分定三秦入汉中"复扣上句的"溆"。谜法比上句灵巧，亦无剩余字。"秦"之"三"定要去掉，还剩"余"。再将"余"插入"汉"字之中，"溆"字得现。如此拆字，具有动感，好似奇兵穿插般，我们不能不叹服谜人的巧思。作品上下两句用的是七言，首句平起，次句仄对，平仄相错，读来抑扬顿挫，亦复感人。这样的谜句当属分拆复扣型韵谜品种，与三四十年代的"潮州韵谜"很相近。此却是双拆重扣的，这自然增加了成谜的难度。似这样分拆双扣的谜不好做，做得好的也不多。因为前后两句扣字相同，稍不留意，便有词不达意或合掌之嫌。

谜作大手笔写来，方显柯君才子本色，一股霸主之气从谜中冉冉而生。"河"字用"不可"去拆，雄劲有力，咬合紧密。然笔锋一转，又将"余"字安置于"汉"中，令人绝中叫绝。故此谜一出，大得谜坛人士欣赏，继而群起仿效，不一而足。然"风流"已先被柯君占去，效颦者终不得西施之美。

回廊挑一角，倒影入湖中（13画字）鄙

张志有/评析

谜面是挺不错的写景诗。你看，"回廊"高高翘起（妙用一"挑"字）的一角，倒映在湖面中，静谧而引人入胜，令人流连忘返。但是，只要知道题句是谜面，而其后又标明有谜目，谜人是不会"忘返"的，他会从那迷人的景象中，另觅曲径，返回到它的真谛——确凿不移的谜底。我认定确凿不移的谜底，是佳谜必备条件之一。灯谜味在"别解"，创作（包括发现）新颖的"别解语汇"是灯谜臻于佳境的重要条件。

分析此谜：其一，利用顿读手法造成"别解"。面之前句读如"回、廊挑一角"，突现"回"字，直入谜底；其二，"廊挑（原读tiǎo，义挑起，别读成tiāo)一角"，别解义为：从"廊"字中挑选其一角"阝"；其三，面之后句"倒影"并非"廊挑一角"之倒影，而另有所指："湖"字之中部"古"，倒影成"旱"。至此，"回、阝、旱"构成"鄙"字。那么，我所认定的"确凿不移的谜底"的佳处又在哪里呢？它见之于"廊挑一角"。请看，"廊"字的"西、北"部是"广"，占两个方位，不能说是"一角"；"良"在"廊"中，更非"一角"；能成"一角"的只能是"东南"角的"阝"。

此谜文句美、音韵美、意境美，亦属堪誉的重要一环。

半掩浣花子美居(13画字)蒲

蔡 芳/评析

唐代伟大的现实主义诗人杜甫,字子美,安史之乱后于乾元二年(759)流离成都,在浣花溪畔筑茅屋而居,历时近四年。原宅中唐后已不复存。北宋元丰年间,时人重建茅屋,立祠宇,以纪念诗圣。今杜甫草堂已成大众游览之所。谜以谐律七言句设面,"半掩浣花子美居"之义为:浣花溪畔杜子美居所(茅屋)的门半掩着,勾画出一幅生动的诗人村居图。面句文字在谜中有的并非表义,只是纯粹的形状符号而已。"半掩浣花"望文生义别解作将"浣花"二字遮掩掉一半,意谓仅剩下"氵"和"艹";"子美"与"甫",字与名借代相扣,"居"作抱合词"在(某个位置)"解;"氵、艹、甫"三部合而为一即成谜底"蒲"字。

纯离合或以离合法为主的字谜拟面,关键在于抱衬词的选用和配合。此谜中"半掩"表明离损,"居"指示增合,一离一合,增损交替,设面张弛灵动,扣合起伏跌宕,引人入胜。

六桥衔日映西湖(13画字)溟

王幼堂/评析

苏堤春晓乃杭州西湖十景之首,堤上六桥名曰映波、锁澜、望山、压堤、东浦、跨虹。六桥衔日映及西湖,金波荡漾,游人身临其境,如醉如痴。

作者将底拆成"氵""冖""日""六"四部分,底部"六""日"明用,"冖"为桥之象形,"氵"为"湖"之西边。面上"衔""映"为抱合词,"日"恰好衔在"六"与"冖"中间,"映"面义为映照,于谜别解作反映之义,"冥"反映一旁的"氵"。一衔一映,从谜面上画出了楚楚动人的西湖。"溟"义同海,象征谜如沧海般博大精深,有待谜界群英去探索。

但闻左右尽歌声(14画字)戬

蔡　芳/评析

清平世界,万方乐奏,乃我神州新时期团结稳定之景象。若只闻得"左右尽歌声",则难识此谜之解意。欲解此谜,必须闻得声外之意:由"闻""声"推断,此谜必与读音发声有关;"左右"寓意底材系左右结构,并兼示左右方位;"尽歌声"按左右顺序读之为"尽歌"之声。以此三径按图索骥,寻出与"尽歌"同音之字"晋""戈",以左右顺序排列,即成谜底"戬"也。

此谜佳绝处有三:其一,避开字谜常用的增损离合、会意、象形等手法,于音"声"传处开拓新谜路,令人耳目一新。其二,善于运用破读之功能,将"尽/歌声"破读为"尽歌/声",为底面扣合增添了几分曲折,明漪绝底,伊谁与裁?其三,因破读所致,巧将衬词"尽"变换为中心词,而中心词"声"却幻化为衬字,虚实相间变幻，化腐朽为神奇。有此三绝，美哉斯谜！诵之有声，辨之有形，庐山面目，非超以象外而未能尽识。

叉手旋成五首绝（多笔画字）擎

赵首成/评析

本谜系将"擎"字分拆为"廿"（作为大写数字"廿"会意）、"句"、"攵"（即"文"字）、"手"四部，来与题面各段喻义相互印证的。

"叉手旋成"本用唐代诗人温庭筠事。据五代孙光宪《北梦琐言·卷四》载：温庭筠"与李商隐齐名，时号温李，才思艳丽，工于小赋。每入试，押官司韵作赋，凡八叉手（两手相拱）而八韵成"。嗣后，以颂"叉手"捷才之事而见于吟咏者，代不乏句。如："文如翻水成，赋作叉手速。"（宋·苏轼《袁公济和刘景文登介亭诗次韵》）"入场叉手万言就，众目一叶惊先穿。"（明·高启《送张贡士祥会试京师》）"湖光潋潋柳荫荫，又作题边叉手吟。"（清·黄遵宪《庚午六月到丰湖志感》）等。"叉手"别义入谜，实是指明"手"部"叉"于"擎"字的下方（也可看作借"手"将"敬"高高叉起之状）；"旋成"原乃"随即成"，这里将"旋"字另赋以"旋转回合"之义，并仗此一词勾连前后"叉手""五首绝"两个词组，牵绾"擎"字上下左右四个支离的字素，同时亦暗示出"擎"字上大下小，天覆得住，地载不起，字心难稳，颠倒综错之诸般形体状态。这等抱合之词，必乃作者"一叉手"而拈来，既见自然惬心，又有无穷妙用，理当实实地赞一声"佳"！

题句后段"五首绝"之"绝"为"绝句"之缩词。"绝句"亦称"截句""断句""绝诗"，系截律诗中的四句而成。一首诗有文四句，五首共合"廿句文"，故"廿、句、文"正可组成一个"敬"字，其间演算精确，巧妙之至！

制就此种字谜神品，我以为非有如"小范老子胸中自有数万甲兵"而莫能办。

狼羊毫笔(多笔画字)獬

章健儿/评析

欲析此谜,先释谜格。所谓"遥对格",即指谜面与谜底必须对仗,用于字谜,则要求底字拆开后的字数与谜面相对偶。此格的难度还在于必须平仄相对,以有别意为前提,词近而意远者方为佳构。

按照谜格要求与佳构标准,不妨从三个方面剖析此谜。先观其谜底"獬",拆开后正成四个字素"犭、牛、角、刀",恰与谜面字数相同。必须指出的是,这里的"犭"当作"犬"字来解。"犬"字古篆写作"犮",《说文·犬部》:"凡犬之属皆从犬。"例如古篆"獹(狼)"字部首即为"犬"。再看底面的词性对仗:以"狼"对"犭(犬)"、以"羊"对"牛",当同属动物之类;以"毫"对"角",则既可看作是动物身上之物,又可以是两广方言称银元一角为一毫之说;

而以"笔"对"刀",虽同为器具,实有文武之别。最后读其音韵,谜面平起仄收,而谜底仄起平收,符合平仄协律的规则。

纵观全谜,如同一副对联,分解后的谜底与谜面的词性相同,词义则相近或相反,且平仄合韵,当不愧是遥对格字谜中一则成功之作。

广寒宫里妄思凡(多笔画字)嬴

叶国泉/评析

一读谜面,令人很自然地联想起李商隐那首脍炙人口的七绝《嫦娥》:"云母屏风烛影深,长河渐落晓星沉。嫦娥应悔偷灵药,碧海青天夜夜心。"谜面极其精要地道出了嫦娥殷切思凡的心态,也明白指出:这只是她一厢情愿,是一种妄想而已。在创作方法上,本谜采用了会意拆字综合手法。"广寒"会意扣"月","宫里"则暗中点出"宫"字"里"面之"口"字,"妄"

则整个字保留并融化于谜底之中,最后以"思凡"隐喻要将"凡"字收回来。最后将"月""口""妾""凡"四个字素重新拨弄并组装,一个"赢"字便活脱脱地呼之而出了。此谜将会意、拆字两种手法,恰到好处地融于一体,从而使谜面意境与谜底结构达到和谐完美的统一。

后　记

接到长安文虎社让我编辑《柯国臻字谜300》的任务后，心里还真是有点不知所措。柯老是灯谜界公认的大师，能为他编书，当然是非常荣幸，但以自己的谜艺水平，怕是力所难及。好在柯老字谜的遗作甚多，而大多都是经过前人肯定，故还能勉为所难。

柯老字谜的风格，雅俗并存，手法多样。有拆字，有会意，有谐音，有提义，有成句，有自撰……且能把各种手法娴熟地糅合在一起，往往能让人觉得出人意表。故这次选编的第一原则，就是让柯老的各类成谜风格尽量有所体现；二是尽量少选冷僻字，不过有些冷僻字的成谜方法很有代表性，适当入选；三是为了普及灯谜知识，便于读者了解成谜方法，作了些简单的注释。

柯老曾提到对谜作的要求："用字要精当，运法要严谨，遵法度又要创新，善创新更要遵法度，切不能马虎。"此语摘自《"形扣从宽"须再探讨》(载《微山谜话》1982年7月刊)。在此文中，柯老举例否定了自己的两条谜作："我曾作过'人生七十古来稀'扣'哗'，将匕作七；'人间开并蒂，天上会双星'扣'笑'，将夭作天，都是失误之作，不足为法。"由此可见柯老严谨治学的态度以及严于律己的人格魅力。

本人有幸曾同柯老同处一城，却无缘聆听柯老的亲身教诲（本人刚从谜时，柯老已经患病卧床）。此时能为柯老编书，比较完整地接触到柯老的遗作，也算是弥补点遗憾吧。

本书选编过程中，曾多次请教于柯老弟子陈征文先生，特此致谢！

叶春荣
戊戌年秋月